云雀飞过向阳花

杜中信题

王梦谦 著

陕西新华出版
太白文艺出版社·西安

图书在版编目（CIP）数据

云雀飞过向阳花／王梦谦 著. ――西安：太白文艺出版社，2022.10（2023.6 重印）

ISBN 978-7-5513-2249-2

Ⅰ. ①云… Ⅱ. ①王… Ⅲ. ①诗集—中国—当代 Ⅳ. ①I227

中国版本图书馆 CIP 数据核字（2022）第 184916 号

云雀飞过向阳花
YUNQUE FEI GUO XIANGYANGHUA

作　　者	王梦谦
责任编辑	杨　匡　张馨月
封面设计	杨海滨
版式设计	雅　锋
出版发行	太白文艺出版社
经　　销	新华书店
印　　刷	三河市同力彩印有限公司
开　　本	880 mm×1230 mm　1/32
字　　数	140 千字
印　　张	7
版　　次	2022 年 10 月第 1 版
印　　次	2023 年 6 月第 2 次印刷
书　　号	ISBN 978-7-5513-2249-2
定　　价	39.00 元

版权所有　翻印必究

如有印装质量问题，可寄到出版社印制部调换

联系电话：029-81206800

出版社地址：西安市曲江新区登高路 1388 号　（邮编：710061）

营销中心电话：029-87277748

文诗
学歌
承点
载亮
梦青
想春

梦谦同学题之
周明

(周明　著名作家　《人民文学》原副主编)

读那青春的烂漫和沉思
——王梦谦诗集《云雀飞过向阳花》序

杨焕亭

  王亚涛先生将其女儿王梦谦的诗集《云雀飞过向阳花》书稿发我，希望我能写几句话。我首先注意到，作者是一位"读书之乐何处寻，数点梅花天地心"的高中学生，及至走进她青春的诗花长廊，浏览她遐思万缕的长歌短吟，就油然有了一种"南望庐山千万仞，共夸新出栋梁材"的愉悦。这不仅因为它展示了一位青春少女的诗情和才思，更在于这些作品表达了00后一代生命主体对生活激流的炽爱与认知，对生命意义的追寻与诘问，对"此在"绽出的诗意呈现。由此想起海德格尔在评价诗歌审美价值时的一句名言："精神是灵魂的馈赠者，精神是灵魂的赋予者。但反过来，灵魂也守护着精神。"

  对于青春与理想的礼赞、憧憬和怀想，构成梦谦诗歌作品驰思畅想的风景。莎士比亚说："青春是块原料，迟早要制作成形。"当诗人在21世纪之初降临这个世界时，她面临的是与父辈完全不同的时代。一方面，当代中国乘着新世纪的长风，正经历着由站起来、富起来到强起来的涅槃和新生；另一方面，开放背景下呈现的价值取向多元、文化理念多元、生存方式多样，都使得他们一登上青春航船的甲板，就面临着复杂而又多彩的生存环境。这些，都在梦谦的作品中留下深深浅浅、浓浓淡淡的雨痕足迹。她相信，"在青春的世界里，沙粒要变成真珠"，因而憧憬："我是梦的使者/为思念的游子/找到最美的花田/为渴望的孩童/摘取最亮的星星。"（《梦的使者》）她坚信，青春，是一种"想象的活力"，梦想站在高原和大海上"与天使对话"：那里能仰望/每一颗星星的善良/那里能聆听/每一朵浪花的欢唱。"（《天使的对话》）它是满载畅想的烂漫遐思："昨夜的日记/是萤火虫嬉戏的夏/今夜的日记/是秋虫沉默的冬/昨夜的日记/是今夜日记的回忆/今夜的日记/是昨夜日记的期望。"（《日记》）章章页页写满生命的墨痕，它是铺满阳光的情感幕布："云朵的童话/是孩子的欢笑/是采回一颗葡萄的美丽。"（《云朵的童话》）眼角眉梢洒下希望的雨丝，它是多味的年华初尝："寻梦/是采莲童子的乌篷船/采回一只蜻蜓的呢喃/淡淡星辉/她那如涟漪般天真的梦幻。"（《寻梦》）字里行间膨满成长的喜悦，也流溢出成长的惆怅与幻想。我注意到，梦谦的诗歌作品中有不少对"明天"的眺望，"从明天起"的期许，以及对"梦"的品味。所有这些，不仅打下诗人拥抱世界、拥抱时代的"梅花烙"，更彰显出00后一代人的青春心理特征：崇拜远方、充满激情、富于理想。

对生命之源的文化寻根、探问和审美，构成梦谦诗歌作品温馨绵柔的旋律。德国女作家霍佩在她的作品中始终执着地探求"我是谁，我曾经是谁，我会成为谁"这个人类共有的命题。其实一部文学史，自古及今就回响着人类追寻"从哪里来，到哪里去"的涛声，它不仅蕴含着人类的"栖居诗意"，更穿缀起对生命诗学的代际传承，只不过不同时代有着不同的审美经验和审美表达罢了。在梦谦的作品中，它表现为对故乡的回眸和眷恋，走在城市车水马龙间，她的心飞回故乡的田野："城市即使再繁华/也守不住人的内心/日夜过往/多了浮躁/多了失落/乡村即使再荒芜/也牵动着人的内心。"（《望乡》）只有走进故乡的怀抱，才能"没有了孤独/没有了遗憾"。诗人以绿叶对根一样的情怀咀嚼乡愁，深情地写道："雁走时/不曾带走我对你的思念/叶落时/不曾夺走我对你的依恋。"（《故乡》）然而，诚如叙利亚诗人阿多尼斯所说："故乡不仅是地理意义上的故乡，故乡在另一层面是人。"因此，对于父爱的礼赞，就成为诗人乡愁的核心旋律："每一个惧怕的黑夜/都被你悄悄地换作黎明的希望/每一个抱怨的冬天/都被你悄悄地种上春天的生机。"（《写给父亲》）这既是一种从情感到灵魂的深入，更是一种"小我"向"大我"的升华。生命之源这个命题，从本质上说，就是马克思所说的人与自然的本然的联系。组诗《大地之歌》以13首的篇章抒发了作为大地之子的"此在"——人对于自然、社会的敬畏和依偎。从"大山的孩子/依偎着山神/躺在云朵的摇篮里/听着云姑娘的歌/沉睡在萤火虫的森林/做一个甜甜的梦"到"我要做一朵花、一棵树、一滴水",由此产生对工业时代人类生存环境恶化的忧思和呼唤。"历史从哪里开始,思想进程也应当从哪里开始。"(马克思语)诗人这些仍然带着青春萌动色彩的吟咏,在某种意义上,折射出00后一代生命主体对于自己生存的这个世界的"三观"。

对于人生意义的思考、求索和审视,构成梦谦诗歌作品的思想内涵。这种思考,始于对"此在""在世之世"的价值的观览。我不知道梦谦是否读过海德格尔"时间是生命存在的基本形式"的箴言,在诗人的价值天平上,生命旅程就是沿着时间一维性的隧道领略世界的美学存在:"时间的轴轮/是小溪的清澈/摇曳的柳枝/荡起波光的欢快/时间的轴轮/是雏鹰的期待/盘旋的山崖/映着天空的自在。"(《时间的轴轮》)不难看出,这种哲学层面的烛照,仍然留下涉世未深的青涩,其间不乏"我常常在回忆/却在回忆中痛哭/我常常在踱步/却在踱步中迷失"(《我想做一次神》)的"纠结"。然而,可贵的是诗人对未知那种"我想做一次神/清楚地看一看/人间的岔路是否平整"的智慧眼睛,这种思考,深入于对人性弱点的剖解。在诗人看来,人性是"软弱与悲悯"、"胆小"与"贪婪"的矛盾体,不仅决定着人生沉浮悲欢,更决定着人心的清与浊。诗人不无忧虑地感慨:"世界的色彩若是灰色/心中便迷茫/世界的色彩若是彩色/心中便晴朗。"(《世界的色彩》)表达了处于这个纷纭多元的人文环境中的生命,对"生活净土"和"精神高岸"的向往。

梦谦的作品虽然与现代性保持着本然的联系，意象组合时有"密集"和"跳跃"的特征相伴随，然而，更多地表现为对"五四"以来新诗传统的承继，这使得她的作品婉丽、明朗、纯美，就像芳春的鲜花，很容易走进读者心域。当然，从发展的目光看，她的作品还有进一步提升的空间。

愿梦谦作品早日问世，以飨读者！

2022 年 4 月于秦都

杨焕亭，中国作家协会会员、咸阳师范学院兼职教授、陕西工业职业技术学院客座教授。

读《云雀飞过向阳花》

程 海

王梦谦是王亚涛的女儿,从小喜爱诗歌。小小年纪,就有了一个葱茏的文学梦,常常在课余时间,进行诗歌创作。日积月累,已写了厚厚两大本,名曰《云雀飞过向阳花》。我读了读,甚觉清新可人。毕竟是少年人,思想清新真纯,发之于诗,有不少可读可赞的篇章。如《风的故事》:

风呢喃的故事

唤醒山庄的记忆

喧嚣的人间

为何不是雏鸡的舞台

风呢喃的故事

惊扰冬雪的童话

沉寂的人间

为何听不见鸿雁胆怯的问候

从这首小诗中,我读出了小一辈人的抱怨和跃跃欲试。

她振翅欲飞,期盼翱翔于万里蓝天。她渴望一试身手,甚至希望早点做生活的主角。

还有一首《远方的诗歌》:

> 我愿薄薄的云烟
> 化作夕阳的纱囊
> 载着那片星辰
> 飞往如诗般的世界
>
> 我愿淡淡的霞光
> 化作朝阳的霓裳
> 携着那缕轻风
> 驰往如歌般的世界

这首小诗有些词句也许还可以推敲,但她所表达的梦幻和诗的心境却跃然纸上。孩子的世界犹如童话世界,很少有杂质。尤其一个有诗人情怀的女孩子,对世界的感触更是敏感而脆弱,瑰丽而天真。

这部诗集,风格清新,单纯清澈,充盈着孩子瑰丽的幻梦。看得出王梦谦很有诗的潜质。这本诗集中有不少可圈可点的篇章,如《故乡》《心愿》《我是一只鸽子》《孩子的童话》《四季之歌》《月亮的孩子》等。

诗属于青春,属于希望和幻想。它是激情和梦想的产物。在特殊时期,它会成为时代的鼓声号角。我小时候和青年时期也是写诗的。写诗对于锤炼语言相当有好处。王梦谦同学的诗还在初创阶段,还要多读书,尤其是要读公认的著名诗人的诗，从他们的诗中吸取营养，吸取意境的营造和语言的技巧。另外，还要读一些哲学书籍和美学书籍。宋代诗人陆游有这么两句诗，"汝果欲学诗，功夫在诗外"，说的就是这个意思。王梦谦年龄尚小，发展空间还很大，将来还有许多思想领域和艺术领域等待她去探索和开拓。愿她在学好功课之余，努力精进，在诗歌道路上创作出更有价值的篇章。

2022年6月于秦都

程海，国家一级作家，中国作家协会会员，陕西省作家协会主席团顾问，咸阳市作家协会原主席。

目 录

第一辑　蒲公英的遐想

我是云雀 …………………………………………… 3
笑了 ………………………………………………… 5
明天 ………………………………………………… 6
雨 …………………………………………………… 8
天使的对话 ………………………………………… 9
梦 ………………………………………………… 10
日记 ……………………………………………… 11
黄昏独行 ………………………………………… 12
自然的沉思 ……………………………………… 12
平行时空 ………………………………………… 13
镜光 ……………………………………………… 14
白莲花 …………………………………………… 15
快乐的答案 ……………………………………… 16
伪装 ……………………………………………… 17
爱 ………………………………………………… 17
为梦起航 ………………………………………… 18

简单的快乐	19
勇敢的心	19
重启时光	20
独思	21
围城	22
我与你	23
人生的风	24
鸽子	25
等待	26
另一面	27
奇妙的"三"	29
真正的天使	30
我想	31
朋友	32
讨厌的游戏	33
倘若问我	34
孩子	35
月亮的孩子	36
抗争	36
梦	37
远方的梦	38
怨念	39
寻找	40
歌声	41
种花的少年	42
幸福的孩子	43
寻光	44

我的故乡没有家……………………………… 45
第一缕阳光…………………………………… 46
新生…………………………………………… 47
我建造了一条河……………………………… 47
我活着………………………………………… 48
高山的太阳…………………………………… 49
如果可以……………………………………… 50
寻找…………………………………………… 51
草原之歌……………………………………… 52

第二辑　萤火虫的约定

云朵的童话…………………………………… 55
云朵的故事…………………………………… 56
雨的天堂……………………………………… 57
致敬…………………………………………… 58
生命的追寻…………………………………… 59
寻梦…………………………………………… 60
童话的夜晚…………………………………… 61
四季之歌……………………………………… 62
苍野孤树……………………………………… 63
简单的拥有…………………………………… 64
落日…………………………………………… 66
选择…………………………………………… 67
那个午后……………………………………… 68
霓裳…………………………………………… 69
牧羊人的短笛………………………………… 70

大地之歌（组诗）	71
云朵	77
九月的雨	78
我用一秒爱上这个世界	79
羊的故事	80
芽的成长	81
风的故事	82
远方的诗歌	82
寻找星星	83
我和安琪儿	84
我是云雀	85
我多想	86
呐喊	87
我愿做人间的天使	88
失血的黄昏	89
上帝的孩子	90
少年	92
前行	93
朋友	94
奋斗	94
大河颂	95
小河的故事	96
我躺在田野中	97
我是山神的孩子	98
太阳从正午升起	99
高原	99
筑梦	100

我是一个孤独的孩子 …………………………………… 101

第三辑　金菊花的思忆

田野的孩子 …………………………………………… 105
树 ……………………………………………………… 105
昨夜的圆月 …………………………………………… 106
答案 …………………………………………………… 106
一张旧照片 …………………………………………… 107
思念 …………………………………………………… 107
致童年的守护者 ……………………………………… 108
知音 …………………………………………………… 109
望乡 …………………………………………………… 110
梦的创造者 …………………………………………… 111
时间的轴轮 …………………………………………… 112
写给父亲 ……………………………………………… 113
铃声 …………………………………………………… 114
童年 …………………………………………………… 115
回忆 …………………………………………………… 115
谎言的游戏 …………………………………………… 116
电话 …………………………………………………… 117
听雨声,听风声,听歌声 ……………………………… 118
归乡 …………………………………………………… 119
暮归感怀 ……………………………………………… 119
乡愁 …………………………………………………… 120
思忆 …………………………………………………… 120
写给五爷爷 …………………………………………… 121

永去的记忆	123
书	124
童趣	124
字	125
抉择	126
父亲	127
圆月的故事	128
家的记忆	129
文章与诗	129
炊烟	130
"毛线"的诗	131
童真	132
窗前	132
车	133
奶奶	134
献给永远离开的奶奶(组诗)	135
停驻	138
故乡	139
山茶花	140
时空的穿越	141
等风来	142
山巅的少年	143
二十年	144
旅程	145
感恩	146
路灯下的姑娘	147
风的思忆	148

第四辑　藏羚羊的祈祷

孩子的童话 …………………………………… 151
梦的孩子 ……………………………………… 152
灯亮了 ………………………………………… 155
圈 ……………………………………………… 156
我是一只鸽子 ………………………………… 157
我愿这个世界 ………………………………… 158
折伤的自由 …………………………………… 158
心中的诗,远方的梦 ………………………… 159
你告诉我 ……………………………………… 161
我愿 …………………………………………… 162
心愿 …………………………………………… 163
我做了人间的天使 …………………………… 164
梦的使者 ……………………………………… 165
我不再是 ……………………………………… 166
感悟 …………………………………………… 167
安琪儿的信者 ………………………………… 168
刚与柔 ………………………………………… 169
梦想的呼唤 …………………………………… 170
我想做一次神 ………………………………… 171
致未来的你 …………………………………… 172
盗梦者 ………………………………………… 173
幸运星 ………………………………………… 174
从明天起 ……………………………………… 175
世界的色彩 …………………………………… 176

隐藏的守护者	177
生命的礼赞	178
顽强地活着	179
呼唤	179
渴望与梦	180
耶路撒冷	181
男孩的快乐	182
问好	183
光	184
秋	185
独白	186
花的贪恋	187
小小的你——写给患自闭症的孩子	188
被遗忘的山村	190
短诗十九首	191

附：

心中的诗，远方的梦
　　——读王梦谦诗集《云雀飞过向阳花》 …… 宁颖芳/196
天真的诗意 …………………………………… 阮　心/199

后记 …………………………………………………… 203

第一辑
蒲公英的遐想

我是云雀

(一)

我是高山的云雀
云母的城堡
岩羊的独奏
都将为我所拥有

我是大海的云雀
浪花的宫殿
海豚的欢舞
都将为我所拥有

我是森林的云雀
杨树的木屋
知了的表演
都将为我所拥有

我是田野的云雀
刺猬的小窝
蛐蛐的低唱

都将为我所拥有

（二）

我是云雀
一只俯视大地的云雀
我知道那傲慢的大象
定会不解我的英勇

我是云雀
一只仰望苍穹的云雀
我知道那愚笨的斑鸠
定会嗤笑我的疯狂

我是云雀
一只踏过天河的云雀
白鹿是我的追求
青鸟是我的向往

（三）

我是山巅的云雀
那张狂的野鸡
何时能读懂我的故事

我是浪尖的云雀

那得意的比目鱼
何时能听懂我的乐曲

我是花丛的云雀
那骄傲的孔雀
何时能明白我的诗歌

我是云雀
是上苍的宠儿
是人间的信使

笑 了

百合笑了
她是为蜻蜓的自由
可哭傻了草原的雏鸡

菡萏笑了
她是为鸬鹚的团圆
可哭弯了天狗的月亮

明　天

（一）

从明天起
我要做一个快乐的使者
让所有的烦恼
都随着流星划过

从明天起
我要做一个自由的使者
让所有的拘束
都随着落叶掩埋

从明天起
我要聆听鱼儿的幸福
那澎湃的浪花
是它的舞娘

从明天起
我要谱写蜻蜓的快乐
那可爱的昆虫

是它的乐团

　　　（二）

从明天起
我要做一只追梦的云雀
紫色的闪电
白色的雪花
都将为我祈福

从明天起
我要做一头驯海的白鲸
蓝色的海浪
金色的贝壳
都将为我喝彩

从明天起
我要做一位种花的使者
红色的花朵
绿色的叶子
都将向我致敬

雨

雨中的花
你为何孤独
是否因为你的伙伴早已凋零
只留你傲立风霜

雨中的草
你为何寂寞
是否因为你的伙伴早已枯萎
只留你顽强生长

雨中的人
你为何痛楚
是否因为你的伙伴早已停歇
只留你勇敢前行

天使的对话

（一）

昨夜我和天使来了场对话
我们站在高原上对话
那里能仰望
每一颗星星的善良
我们站在大海上对话
那里能聆听
每一朵浪花的欢唱
我们站在荒漠中对话
那里能感悟
每一株孤草的坚强

（二）

昨夜我和天使来了场对话
她说人间的痛苦
在某一日
都会随冬雪消散

昨夜我和天使来了场对话
她说人间的幸福
都将在明天
随春花绽开

梦

我在梦中踏过
尼罗河的汩汩细流
我想把它的纯真
带入那个纷杂的梦境

我在梦中听过
科尔沁草原的萧萧马鸣
我想把它的欢快
带入那个冰冷的帐篷

我在梦中见过
泰山顶上威武的雪松
我想把它的强壮
带入那个弱小的心灵

日　记

昨夜的日记
还有一丝微笑
今夜的日记
只剩一滴泪水
昨夜的日记
走出了欢乐的孩童
今夜的日记
留下了沉思的少年
昨夜的日记
是萤火虫嬉戏的夏
今夜的日记
是秋虫沉默的冬
昨夜的日记
是今夜日记的回忆
今夜的日记
是昨夜日记的期望
昨夜的日记里
她早已蜕变
今夜的日记里
她早已成熟

黄昏独行

昨日雏菊的素颜
今日梅花的清影
也许都换不掉
明日樱花的繁美
走过晚霞的盛约
倾听童话的喝彩
大地笑了

自然的沉思

鸟儿拨弄水的柔情
为何不带走它的忧愁
云儿听过风的故事
为何不带走它的记忆
芽儿给予枝的希望
为何不带走它的落叶

平 行 时 空

我时时在呆望着世界
摇曳的竹子告诉我
世界如此纷繁
可我的灵魂早已穿梭在
平行的时空
我拥有一片森林
是父亲赠予我的
我们把一切的懦弱
都葬于落叶的冬

我时时在期待着世界
皎洁的月亮告诉我
世间终有团圆
可我的思想早已穿梭在
平行的时空
我拥有一片田野
是母亲赠予我的
我们把一切的苦涩
都葬于繁星的夜

镜　光

（一）

镜光的晨雾
是破晓的雏菊
镜光的余晖
是羁旅的炊烟
镜光的星河
是脉脉的冰蟾

（二）

镜光的春
是蝶舞的百花
那为何没有声乐的美好

镜光的夏
是蜻蜓的荷尖
那为何没有时间的静谧

镜光的秋

是松鼠的枫林
那为何没有画本的纯真

镜光的冬
是鱼儿的冰河
那为何没有木屋的温馨

也许那镜光
早已化作人间的彩笔
勾勒出最真情的烟火

白 莲 花

白莲花开了
蝴蝶纷飞的春去了
白莲花落了
雪花飘洒的冬来了
忆着过往
是白莲花的柔情
望着未来
是白莲花的笑容

快乐的答案

我有一朵花
叫作忘忧花
它是上苍亲吻过的花
如风信子
带走了烦恼的雨声

我有一棵草
叫作忘忧草
它是上苍抚摸过的草
如金盏菊
装扮了荒芜的田埂

我有一只鼠
叫作忘忧鼠
它是上苍拥抱过的鼠
如满天星
点亮了晦暗的夜空

伪　　装

我追寻着海鸥的快乐
却伪装成彼岸花的孤傲
我向往着星河的喧闹
却伪装成猫头鹰的寂寞
我呼唤着白鹤的自由
却伪装成麻雀的束缚
我是上苍的宠儿
却伪装成凡尘的弃子

爱

王母娘娘也许是一个善良的人
只是她有了
凡人对儿女的疼爱

织女也许是一个善良的人
只是她有了
凡人对心上人的痴情

为梦起航

驾起朝阳的巨轮
我看见
草原上的点点星辉
荡漾在长江的金波里
东方的巨龙
是五千年的探索
是八万里的跨越
载着山巅的雄鹰
将腾飞的希望
慷慨地给予这挚爱的土地

驾起朝阳的巨轮
我看见
昆仑山的皑皑白雪
俯瞰着长城的沧桑
萧萧牧马鸣
是晨曦的过往
是月夜的歌谣
牵着山巅的风云
将超越的希望
无私地给予这深沉的土地

简单的快乐

麦田中
稻草人笑了
幸福的鸿雁
唱着远方的歌谣

人群中
孩子笑了
欢快的麻雀
带来家的温馨

勇敢的心

从明天起
尘世如果定格
从明天起
鸣沙如果沉默
从明天起
春风如果寒冷
我将以梦为马
打破一切如果

重启时光

我静待那朵樱花的故事
却不知蝴蝶的梦
遗失在八月的桂香

我静待那片星空的歌谣
却不知玉兔的梦
遗失在腊月的冰河

如果我颠倒时间的约定
那黄狗的秘密
那森林的咒语
将是我新的记忆

独　　思

我是冬雪中屹立的孤松
与冰山抗争
与冰河征战

我是春风中依偎的小草
与柳条欢歌
与小鱼共舞

我是夏云中摇曳的竹子
与狂风对峙
与暴雨搏击

我是秋烟中翩飞的木叶
与蓝天相望
与大地相拥

围　　城

浩浩荡荡的水波
建起我的围城
寻找不到龙女的水晶宫
海螺却给我捧上紫色的珊瑚

起起落落的群山
建起我的围城
寻找不到毛女的松风台
白鹭却给我衔来金色的灵芝

隐隐约约的雾霭
建起我的围城
寻找不到天羽的彩云楼
夜莺却给我托起银色的玉盘

我 与 你

你站在镜前
望着我的过往
我站在镜前
望着你的未来
你猜我是天使
因为我的笑
治愈了世界
我猜你是天使
因为你的笑
照亮了远方

人生的风

起风了
是谁带走了春的木马
让欢快的孩童
在空洞的黑夜
丢失了笑声

起风了
是谁带走了春的嫁衣
让憧憬的姑娘
在哀戚的黑夜
丢失了幸福

起风了
是谁带走了春的罗盘
让渴望的游子
在迷茫的黑夜
丢失了远方

起风了
是谁带走了春的拐杖

让等待的老人
在无助的黑夜
丢失了岁月

鸽　　子

我是一只鸽子
一只被世界遗忘的鸽子
我是一只鸽子
一只被孩童厌倦的鸽子
我是一只鸽子
一只没有故事的鸽子
我想过告别风
我想过告别海
可我仍执拗地想唤回记忆

等　　待

我是苦寻圆月的黄叶
静等玫瑰的亲吻
我是苦觅星河的小鸟
静待月亮的歌谣
我跨过地府的江河
我翻过天堂的高山
安琪儿的笑
冥王的哭
纵使雨和光交了朋友
徘徊的冷暖
无不撕扯那繁闹的街市
街市的尽头
应是一抹等待的朝阳
而非昏睡的槐树

另 一 面

（一）

你猜过
尼罗河有多长
可你有没有猜过
它有多深
就如那复杂的人心

你想过
丰收的麦田有多美好
可你有没有想过
它丰收后的衰败
就如被人遗忘的痛苦

你听过
杜鹃的歌声
百灵的故事
可你有没有听过
它们的哀怨

你见过
这棵树的繁华
那片叶的茂盛
可你有没有见过
岁月留给它们的疤痕

(二)

我知道
你总觉得
你的一生经过了所有
你却不知道黎明中的子夜
你更不知道地府中的天堂

我想明日的星星
会为月亮擦拭泪水
它曾在大河中断失了桥梁
我想明日的野鸭
会为雏鸡擦拭泪水
它曾在密林中迷失了方向

奇妙的"三"

博学的夫子
你说"三"是平庸还是非凡
圣母的泪花三朵
让游子哭泣成花海
殿堂的钟声三响
让老叟沉寂成雕塑
人间的汤汁三勺
让凡人修渡成仙
阴间的奈何桥三趟
让鬼魂悔恨难安

真正的天使

神问孩子
你愿当个天使吗
我幻想着
如精灵般自由的天使
流下了渴望的口水
可后来啊
我在忙碌的生活中才明白
天使就是
神派给人间的使者
小草哭了
我要去拥抱她
小鸟哭了
我要去安抚她
就连大地哭了
我也要去擦拭她的泪

我 想……

我想和一棵树做朋友
一起做蝴蝶的舞伴
在春风中
在秋雨中
跳一曲优美的舞蹈

我想和一棵树做朋友
一起做泥土的孩子
在田野中
在闹市中
讲一个动人的故事

朋　　友

我宁愿与一只狮子做朋友
也不愿和一只兔子做朋友
狮子的威严也许让我胆怯
但我不会活在慵懒的抱怨中
我会学它征服草原

我宁愿与一只雄鹰做朋友
也不愿和一只公鸡做朋友
雄鹰的凶猛也许让我害怕
但我不会活在骄傲的废墟中
我会学它搏击长空

我宁愿与一只蚂蚁做朋友
也不愿和一只八哥做朋友
蚂蚁的渺小也许让我担忧
但我不会活在是非的风口里
我会学它默默地劳动

讨厌的游戏

我讨厌游戏
它除了快乐的体验
还有悔恨的痛苦
我常常在思考
为什么游戏没有约束
善良的人
为什么会被迷雾遮住双目

我讨厌游戏
它除了多彩的画面
还有暴力的凶残
我常常在思考
为什么游戏没有良善
血腥的玩偶
为什么会被迷恋

我讨厌游戏
它除了充实的身体
还有空洞的灵魂
我常常在思考

为什么游戏像魔鬼
让那么多少男少女
自毁前程

倘若问我

倘若问我
何为清白的界限
我想不是夏日
荷花摇曳的清影
我想不是秋日
红叶飞扬的风采
我想更不是春日
只看见台上的舞蹈
却不知台下的哭泣

孩　子

"鸟笼"里的孩子
是幸福的宠儿
不用经历风雨
可她又是不幸的
当暴风雨来临
她只会无助地逃避

流浪的孩子
是不幸的弃儿
没有屋檐的庇护
可她又是幸福的
当暴风雨来临
她会勇敢地挑战

月亮的孩子

月亮的孩子
是不会哭的
她懂得星星的纯真
不会被丑陋的花朵浸染

月亮的孩子
是不会哭的
她把大山的沧桑
化作守护光明的屏障

抗　争

我是挑战黑夜的勇士
怎会流泪
我是降服寒冬的斗士
怎会懦弱
我是打败风雨的猛士
怎会跌倒

梦

小时候的梦
那么纯
那么甜
那是因为有蜜的存在

长大后的梦
杂了
苦了
那是因为罐子里的蜜
早已被时间
注入了风雨

远方的梦

那座城
是我梦中的城
城中是向往的自由
那间屋
是我梦中的屋
屋中是遗忘的记忆
那片海
是我梦中的海
海里是沉寂的时光

我在城中漫步
寻找时光与记忆
让它成为我的财富
从那一刻起
花开了
雁来了
那静默的世界
不再孤独
那萧条的荒野
将生机勃勃

怨　念

怨多了
天就黑了
念多了
天也黑了
怨念多了
天不再黑了
却会让自己的世界坍塌
我不想有怨
也不愿有念
我不再有怨念
我的天空还有春天的色彩
我的世界还有远方的希望

寻　找

我看见
云海中的仙鹤
在金色的河滩起舞
吸引着斜阳

我看见
云海中的麒麟
在金色的高山独行
傲视着上苍

我看见
云海中的白鲸
乘着那缕金色的风
驶向远方

歌　声

我把歌唱给童年的槐树
纸鸢划过的三月
留下幽幽的思绪

我把歌唱给童年的桂树
那蜻蜓飞过的八月
留下浅浅的梦幻

我把歌唱给童年的松树
那寒风哭诉的十一月
留下淡淡的忧伤

种花的少年

我把向阳花种在黑夜
那孤独的夜莺
唱出了温暖的歌谣

我把向阳花种在黑夜
那寂静的田野
听见了轻风的呢喃

我把向阳花种在黑夜
那漂泊的游子
望见了远方的炊烟

我把向阳花种在黑夜
那数星星的孩子
找到了回家的小路

幸福的孩子

月亮的孩子
是幸福的
月亮像母亲一样
把萤火虫的欢笑
送给了孩子
把夜莺的故事
讲给了孩子

太阳的孩子
是幸福的
太阳像父亲一样
把云朵的包容
送给了孩子
把高山的歌谣
唱给了孩子

寻 光

(一)

我在昏暗中寻找光
那淡淡的夕阳
是我的快乐
我在黑暗中寻找光
那朦胧的月光
是我的希望

(二)

我知道
那微弱的夕阳
让清晨的雄鸡鄙夷
我知道
那惨淡的月亮
令午后的蝴蝶厌恶
但我知道
那遗忘的夕阳与月亮
是我唯一的光

我的故乡没有家

我的故乡没有家
太阳升起了
龙族的儿子
还没有召唤他的子民
那可怜的花朵
还未看清人间的彩虹
就被迫流浪

我的故乡没有家
那老槐树的迂腐
那枯草的狭隘
何时才能读懂玫瑰的诗意

我的故乡没有家
那夕阳下响起的山歌
那牧羊群中的孩子
何时才能谱写出自己的欢乐

第一缕阳光

当第一缕阳光洒向大地
我看见牛背上的山脊
有了新的生命
那是百鸟祈福的彩虹
是母亲祷告的新生

当第一缕阳光洒向大地
我看见两个僧人缓缓走过
一高一低
不知是风声虫鸣
还是僧人的一笑
让我看见了这个世界的金光

新　　生

钟声响了
慈祥的老人
举起妇女怀中的婴儿
金光萦绕的襁褓
是黎明战胜黑夜的号角
是彩云驱散乌云的欢呼
我看见
婴儿笑了
一抹浅浅的微笑

我建造了一条河

我建造了一条河
一条流向快乐的河
调皮的孩童打翻了河水
它在冬日的午后不再奔腾
是天收去了河水
还是地揽去了河水
为何不给我留下
一滴希望

我 活 着

我活着
就像高原的野鹰
不需要人读懂我的梦想
不需要人明白我的坚强

我活着
就像沼泽的野鸭
不需要人读懂我的孤独
不需要人明白我的痛楚

我活着
就像那只跛脚的白鹭
要在风雨中等到彩虹

我活着
就像那只失声的夜莺
要在黑夜中等到黎明

高山的太阳

高山的太阳
是父亲的威严
他不会温暖鱼儿的小溪
也不会照亮山雀的世界

高山的太阳
是父亲的沉默
他用晨辉的甘露
亲吻着干枯的小草
他用余晖的凝眸
注视着掉队的羊儿

如果可以

如果可以
我要登上最险的山巅
去亲吻雄鹰

如果可以
我要潜入最深的海洋
去拥抱小鱼

如果可以
我要飞上最高的云端
去抚摸彩虹

如果可以
我要找到最亮的灯塔
去温暖港湾

寻 找

我活在云雾的遮掩中
却想寻找
子夜的星斗

我活在沙漠的侵袭中
却想寻找
森林的野牛

我活在牵牛花的藤蔓上
却想寻找
蒲公英的自由

草原之歌

草原是月亮的摇篮
野兔躺在摇篮里
甜甜入睡

草原是太阳的花房
绵羊漫步在花房里
静静沉思

草原是云朵的乐园
土拨鼠站在乐园里
悄悄巡视

第二辑
萤火虫的约定

云朵的童话

云朵的童话
是孩子的欢笑
是采回一颗葡萄的美丽

云朵的童话
是安琪儿的轻抚
是牵回一只小象的调皮

云朵的童话
是麋鹿的奔跑
是寻回一汪清泉的欢快

云朵的童话
是萤火虫的闪亮
是唤回槐花的记忆

云朵的故事

云朵的故事
是上帝的彩袖
漫舞松鼠的密林
寻找欢乐的清泉

云朵的故事
是上帝的青鞋
漫步牦牛的草原
寻找自由的蓝天

云朵的故事
是上帝的长笛
奏鸣蝉声的秋田
寻找温暖的小院

云朵的故事
是上帝的酒壶
陶醉蝴蝶的花径
寻找童年的庄园

雨 的 天 堂

在雨的天堂
我愿化作浮萍中的鱼儿
那悠扬的浪声
是波塞冬赠予我的歌谣

在雨的天堂
我愿化作长空下的雏菊
那晶莹的跳珠
是阿波罗赠予我的童话

在雨的天堂
我愿化作自由的海燕
那太平洋的远方
是雅典娜赠予我的诗画

在雨的天堂
我愿化作天使的翅膀
那伞花的起起伏伏
是缪斯赠予我的音符

致　敬

大地是我的母亲
原野中的蛐蛐
教会了我快乐
花海中的蝴蝶
教会了我天真
我听着葡萄的故事
沉睡在萤火虫的呢喃中

大山是我的父亲
悬崖上的山羊
教会了我勇敢
峭壁上的青松
教会了我坚强
我听着小溪的童谣
沉睡在山雀的欢歌中

生命的追寻

天山的雪莲花开了
我多想做一只云雀
与它相约在峭壁上

呼伦贝尔的杜鹃花笑了
我多想做一只小羊
与它依偎在白云下

家乡的桃花红了
我多想做一只蝴蝶
与它邂逅在春风里

寻 梦

寻梦
是采莲童子的乌篷船
采回一只蜻蜓的呢喃
淡淡星辉
是她那如涟漪般天真的梦幻

寻梦
是海龟的小浪岛
牵回一只云雀的细语
粼粼波光
是她那如清荷般纯洁的梦境

寻梦
是羚羊的雨夜
寻回一只猛犸象的故事
点点柳芽
是她那童话般等待的晨曦

童话的夜晚

菡萏笑了
瓢虫私语天官的盛宴
星河怒了
婀娜织女悄悄地抽噎
婆娑的泪光
化作鲁莽的星
折去桂的清香
玉兔悄悄释怀了人间的愁
嫦娥呆望的广寒宫
今夜定是无眠

四季之歌

春
勿念
樱花的浪漫
蒲公英的自由

夏
勿念
知了的歌声
金龟子的故事

秋
勿念
菊花的相思
枫叶林的惬意

冬
勿念
白雪的纯真
枯藤树的等候

苍野孤树

苍野孤树的冬
怕是这月圆夜的泪
无力涉足晨曦的静谧

苍野孤树的夏
怕是这清河滩的水
无力涉足午后的迷茫

苍野孤树的秋
怕是这碧云天的雨
无力涉足子夜的孤寂

苍野孤树啊
你深情的眷恋
只为寻找
生命中的那抹春

简单的拥有

（一）

我拥有一间仓库
储满了记忆的小麦
有忧伤的干瘪
更有快乐的饱满

我拥有一片花园
种满了欢歌的玫瑰
有落寞的枯萎
更有澎湃的鲜艳

我拥有一座城堡
住满了好奇的娃娃
有悲伤的角落
更有欢笑的旋梯

我拥有一座天宫
装满了梦幻的星星
有孤独的冷清

更有热闹的纷繁

我拥有一片森林
落满了无忧的鸟儿
有单调的独奏
更有精彩的和弦

(二)

我拥有一片麦田
种满了金色的小麦
有星光的等待
更有炊烟的呼唤

我拥有一间小屋
住满了童话的娃娃
有石榴的微笑
更有柳絮的思念

我拥有一方花园
开满了七彩的花儿
有牵牛花的陶醉
更有向日葵的期盼

我拥有一辆小车
装满了乡村的歌谣

有野鸡的叮咛

更有布谷的挂牵

落　日

苍苍暮色

吃醉鱼鳞的酒

大鹏静托盛宴的光

啾啾鸟鸣

静待夏蛙的舞会

惊起浮光的咆哮

落山入水的那个子夜

灯塔的希望隐现在桂树下

闻香的玉兔早已苏醒

选 择

金鸡菊的孤傲
是晨曦中的喃喃打更声
大滨花的狂放
是日暮下的汩汩细流
我站在桥边
是一朵孤傲的金鸡菊
我站在山巅
是一朵狂放的大滨花
风刮起
田埂深处
尽是折柳者的嘲笑
天河深处
尽是望月者的斥责
我又该去何处
也许
蛙鸣的荷塘
才是我的归处

那个午后

那个午后
白鹭追寻着那片水流
去了一个梦的天堂
那是彩云的深处
阳光趁着风的嬉戏
变幻着仙子的霞装
一声清脆的蝉鸣
唤醒了金色的小窗
孤独的绵羊
找到了炊烟的希望

霓裳

风的霓裳
化作南飞的鸿雁
找寻天庭的神话
雨的霓裳
化作开屏的孔雀
找寻地府的故事
我的霓裳
只呵护安琪儿的梦
当子夜的那颗流星
安抚了哭泣的玉兔
我知道我的霓裳
可以留住大地的希望
可以留住孩子的嬉笑
当彩云轻轻欢呼
定是人间
披上了我的霓裳

牧羊人的短笛

牧羊人的短笛
奏响纺织娘的木琴
是萤火虫对星星的问候

牧羊人的短笛
奏响知了的木铎
是秋田对过往的召唤

牧羊人的短笛
奏响玉兔的木鼓
是圆月对凡间的向往

大地之歌（组诗）

　　大地就像母亲，能包容人海中的平庸，不会嘲笑儿女的愚笨和懦弱。她会为儿女擦去泪水，消除噩梦，抚平狂躁。她教会儿女成长。大地就像人间的贤者，在她头顶盘旋的苍鹰和远方独立的白鹤告诉人们：走出那片阴云，笑对人生吧！

（一）守护者

粗心的上帝
把法杖遗忘在人间
可高贵的法杖
只愿作一棵沉默的胡杨
为了生灵的自由
甘愿驻扎在戈壁
做一个平凡的守护者

（二）高原的孩子

高原的孩子
在阳光下成长

他的眼

在狂风的夏

在暴雨的夜

注视着苍生

千年后

高原的孩子

仍在奋力地为苍生祈祷

（三）白鹭的故事

夕阳下的姑娘

是芦花荡的水波

白鹭的故事

在水波的金光中演绎

我多想

泛起一叶小舟

行驶在白鹭的故事中

（四）留给人间的仙境

天上还有一个世界

那里的世界

就是上苍

留给人间的仙境

嫁女的小老鼠

有没有躲在夜里

偷偷地哭泣
醉酒的吴刚
有没有思念远去的故乡
抽烟的老翁
会不会还在
为门口的山而叹息
打开天梯的王母
会不会为女儿的执着而感动

（五）花的轮回

花儿落了
等不见盛开的季节
我哭着问森林的女巫
她像母亲一样轻拍着我
悄悄地告诉我
夕阳下的古道
传来了远方的驼铃
这就是花的轮回

（六）上苍的羔羊

沉默的羔羊
静静地仰望着苍穹
上苍望着她的乖巧
悄悄地把太阳送给了她

金光普照的草原上
她一定是最幸福的羔羊
在某一日的清晨
秘境里古老的钟声响起
她便是太阳的驾驭者
她便是苍穹的守护者

（七）云朵的孩子

云朵是一个调皮的孩子
穿梭在羊群中
挑逗着慈祥的牦牛
云朵是一个胆怯的孩子
绵羊轻轻地抚摸
牦牛温柔的呵护
都将吞噬往日的委屈
滴落的雨
是它喜悦的泪

（八）大山的孩子

大山的孩子
依偎着山神
躺在云朵的摇篮里
听着云姑娘的歌
沉睡在萤火虫的森林里

做一个甜甜的梦
让格桑花的微笑
让秃鹫的远方
在雄鸡的黎明
悄悄地等待
另一个生灵的苏醒

（九）云烟的冥想

云烟的深处
住着一位老僧
虔诚地敲响木鱼
来和他做祷告的
会不会是诚实的牦牛
会不会是勇敢的羚羊
会不会是勤恳的山鸡
我想不论祷告的钟
轻叩谁的柴门
它定是上苍宠爱的孩子

（十）恋　歌

我想善良的山神
一定娶了善良的云姑娘
波光中沉思的孤塔
是山神送给云姑娘的信物

暖阳中的古庙
是云姑娘回赠山神的忠诚

（十一）爱之歌

那流淌的河流
是大地的乳汁
把春风的夸赞
把冬雪的磨难
都默默地喂给孩子

（十二）母 爱

山神的云姑娘
在今日做了母亲
她不会像胆怯的母亲
日日夜夜
束缚着孩子的双脚
她不会像糊涂的母亲
日日夜夜
读不懂孩子的爱意
她在山神沉睡之际
用乌云后的金光
为孩子竖起灯塔

（十三）大地的孩子

大地的孩子

是草原的羚羊

雨神的祭拜

雷神的敬仰

都不及大地的亲吻

大地的孩子

是洞穴里的土拨鼠

春日的庄严

冬日的冷酷

都不及大地的温柔

云　朵

云朵像一只燕子

一只送春的燕子

即使是寒冬的柳枝

也能找到那河畔的桃花

云朵像一只蝉

一只颂夏的蝉

即使是河边的白鹭

也能找到那月下的莲花

九月的雨

我想蓝天
一定是人间的母亲
我想九月
一定是母亲丢失的孩子
那刺骨的暴雨
怕是母亲
在为孩子来生的苦难哭泣
那燥热的小雨
是母亲重逢孩子的欣喜
那短暂的阴云
怕是母亲
在为下一场忧愁
酝酿快要枯竭的泪
偶尔的暖阳
怕是母亲
拥抱着重逢的孩子
念叨的团圆
只是可怜了无辜的八月和十月
它们也快因母亲哭瞎了眼

我用一秒爱上这个世界

我用一秒爱上这个世界
爱上这个世界送我的礼物

那引来春的蝴蝶
把最灿烂的三月送给我
她让黄鹂做我的向导
陪我欣赏每一朵花的歌舞

那招来夏的知了
把最美好的六月送给我
她让萤火虫做我的向导
陪我聆听每一个星星的故事

那带来秋的大雁
把最惊艳的十月送给我
她让麋鹿做我的向导
陪我点燃万山的圣火

那带来冬的北极熊
把最纯洁的十二月送给我

她让驯鹿做我的向导
陪我奔驰在雪花飘洒的高山

羊 的 故 事

我是密林的山羊
愿依偎在大树的怀抱
愿与小溪赛跑

我是高原的羚羊
愿亲吻格桑花的脸颊
愿拥抱太阳的金光

我是草原的绵羊
愿和野兔嬉戏
愿倾听小草的秘密

芽 的 成 长

青涩的芽
只盼一滴甘泉
可天的礼物是一片寒冰

青涩的芽
只盼一缕暖阳
可天的礼物是一场暴雨

青涩的芽
只盼一片绿叶
可天的礼物是一段枯枝

青涩的芽
在泥土的安抚中
听着月亮的往事
不屈的灵魂
努力冲破天的枷锁
多年后的那朵孤花
就是它的奇迹

风的故事

风呢喃的故事
唤醒山庄的记忆
喧嚣的人间
为何不是雏鸡的舞台

风呢喃的故事
惊扰冬雪的童话
沉寂的人间
为何听不见鸿雁胆怯的问候

远方的诗歌

我愿薄薄的云烟
化作夕阳的纱囊
载着那片星辰
飞往如诗般的世界

我愿淡淡的霞光
化作朝阳的霓裳
携着那缕轻风
驰往如歌般的世界

寻找星星

地球上散落了几颗星星
只不过昏暗的子夜
遮挡了微弱的光亮
梦的使者
无法找到
只能弱弱地告诉这个世界
没有星星的存在
却不知时间的转盘
总会转到黎明
黎明将至
那缕曦光
定会将星星
重新托起

我和安琪儿

我的渴望
不是野兽的贪婪
我知道贪婪是安琪儿的痛苦

我的企盼
不是牛群的痴醉
我知道痴醉是安琪儿的无奈

我的追求
不是猴子的仰望
我知道仰望是安琪儿的惆怅

我的故事
不是杜鹃的啼鸣
我知道安琪儿早已沉睡

我的生活
不是驯鹿的迷茫
我知道安琪儿也会哭泣

我的梦想
不是雄鹰渴望的蓝天
而是让安琪儿
享受糖果的甜蜜
感受星星的温暖

我是云雀

我是云雀
是追寻嫦娥仙姿的云雀
我是云雀
是倾听玉兔故事的云雀
平凡的黄牛
怎能知道仰望星空的快乐
顽劣的猴子
怎能知道走出圈套的快乐

我 多 想……

我多想做一颗小石子
在小溪的怀抱中
享受阳光的沐浴
回味水草甜蜜的吻

我多想做一朵格桑花
在蒙蒙细雨中
仰望天空的雄鹰
聆听牧羊人的歌声

我多想做一颗星星
听着玉兔的故事
伴着造物主的歌谣
在梦幻般的庄园静静沉睡

呐　喊

笼中的金丝雀
早已不用歌声来表达自由
笼中的画眉
还在用嘶哑的叫声向牢笼宣战
我不明白啊不明白
这无尽的黑夜
这无尽的冬日
这无尽的孤寂
何时才会放过
这只弱小的画眉

我愿做人间的天使

我愿做人间的天使
把太阳的温暖
带到每一个冬日
把春日的关怀
带到每一个荒漠
把白鹭的快乐
带到每一个角落

我愿做人间的天使
把彩虹的微笑
带到每一个雨天
把鸿雁的欢歌
带到每一个黑夜
把星星的童话
带入每一个孩子的梦

失血的黄昏

我爱寻找夕阳
就如书中的仙鹤
在失血的黄昏
缓缓地飞过山林

我爱寻找夕阳
就如书中的蛟龙
在失血的黄昏
悄悄地寻觅海滨

我爱寻找夕阳
就如书中的圣人
在失血的黄昏
静静地聆听尘音

上帝的孩子

（一）

昨夜
我哭了
上帝也哭了
他怜惜自己的孩子
痛恨自己的无能

今夜
我笑了
上帝也笑了
那个人间种花的老人
留下了童年的歌谣

（二）

我在黑夜中孤独徘徊
我忧伤地问上帝
我是你的孩子吗
他沉默不语

我并不知道
星星的故事
月亮的童谣
还有夜莺的关怀
萤火虫的陪伴
都是他给予我的礼物

我在沼泽中陷入绝境
我迷茫地问上帝
我是你的孩子吗
上帝沉默不语
我并不知道
百花的簇拥
大树的庇护
麋鹿的向导
狼王的保护
都是他给予我的礼物

或许我真的是上帝的孩子
只不过他更像一个沉默的父亲
把所有的爱留在我最绝望的角落

少　年

云朵笑了
少年的向阳花开了
那五月太阳的温暖
谱写了少年最朦胧的诗

云朵笑了
少年的灯塔亮了
那子夜星辰的温暖
绘出了少年最美丽的画

云朵笑了
少年的云雀飞了
那青春年华的烂漫
奏响了少年最欢快的歌

前　行

没有一盏灯
为我点亮
我就化作一盏灯
为自己照亮前方

没有一把伞
为我挡雨
我就化作一把伞
把自己紧紧守护

没有一棵树
为我遮阴
我就化作一棵树
给自己送上一阵清凉

没有一朵花
为我绽放
我就化作一朵花
给自己营造一个春天

朋　友

我要与金丝雀做朋友
看一看神话里的太阳
我要与黑玫瑰做朋友
看一看童话里的太阳
我要与纺织娘做朋友
看一看诗歌里的太阳
我要与油菜花做朋友
看一看春天里的太阳

奋　斗

高山的苍鹰
再怎样被谩骂
都阻止不了它
冲向云霄

铁柱的跛鸟
再怎样被嘲笑
都阻止不了它
追寻彩虹

大 河 颂

大河啊
你见证了多少迷惘的梦想
又倾听了多少迷离的回忆
你萦绕着多少老人的牵挂
又消解了多少游子的失意

大河啊
黎明中起舞的白鹭是你最得意的孩子吗
余晖中欢跃的鲤鱼是你最疼爱的孩子吗
那掉队的鸿雁是你最担忧的孩子吗
那笨拙的小鸭是你最怜惜的孩子吗

大河啊
阳光燃烧的火焰
是你送给寒冬的关怀吗

大河啊
蜜糖般的春风
是你送给我的疼爱吗

小河的故事

小河的故事
是水流的歌谣
喜鹊的诗篇
蝴蝶的舞蹈
麻雀的童话

小河的故事
是花朵的可爱
野草的调皮
云朵的卡通画
高山的水墨画

小河的故事
是小石头的想象
毛毛虫的嬉闹
小蜈蚣的奔跑
小孩子的乐园

我躺在田野中

昨夜我躺在田野中
棕熊为我祷告
他像父亲一样
陪我走向远方

昨夜我躺在田野中
狐狸为我唱歌
她像母亲一样
陪我踏遍世界

昨夜我躺在田野中
听到了雄鹰的关怀
那是前所未有的温柔

昨夜我躺在田野中
听到了母鸡的呼唤
那是前所未有的幸福

昨夜我躺在田野中
我像一个孩子
月亮为我盖上了棉被

我是山神的孩子

我是山神的孩子
怎能与没有情义的菟丝子争吵
怎能同没有立场的牵牛花争辩

我是山神的孩子
怎能随没有自由的骏马奔跑
怎能陪没有快乐的麻雀飞翔

我是山神的孩子
怎能和没有思想的枯草嬉闹
怎能跟没有方向的落叶远游

我是山神的孩子
我要站在雄鹰的高峰远眺
我要登上彩虹的飞瀑放歌

太阳从正午升起

我的太阳从正午升起
那时的喜鹊
会在高山上欢歌

我的太阳从正午升起
那时的蒲公英
会在天空中起舞

高原

我躺在高原上
静静地聆听着
牛羊的欢歌
僧侣的祷告
我终于看见寺庙里的敲钟人
那是不与世界争辩的圣洁
我终于看见夕阳下的牧马人
那是不与凡尘对抗的快乐
我终于看见彩虹下的云雀
那是直冲云霄的自由

筑　梦

我要为孩子
筑一个童话的梦
那个梦中
我看见猛犸象的森林
还有游鱼的小溪

我要为孩子
筑一个春日的梦
那个梦中
我听见夜莺的歌声
还有纸鸢的故事

我是一个孤独的孩子

我是一个孤独的孩子
没有星星的欢歌
但我可以找见月亮的明灯

我是一个孤独的孩子
没有蝴蝶的陪伴
但我可以找见太阳的温暖

我是一个孤独的孩子
没有百花的关怀
但我拥有上天博大的爱

我是一个孤独的孩子
没有百鸟的怜惜
但我拥有上天独特的神话

我是一个孤独的孩子
可我的心里
种着无数的蒲公英
它们带着我的梦

飞向世界的每一个角落

我是一个孤独的孩子
可我的心中
住着无数的云朵
它们带着我的快乐
去寻找天空中每一道彩虹

我是一个孤独的孩子
假如没有人愿意为我在教堂虔诚地祈祷
我可以独自敲响寺庙的古钟

我是一个孤独的孩子
假如没有人为我寻找城市的烟火
我可以独享乡野的恬静

第三辑

金菊花的思忆

田野的孩子

童年的风筝落下了
那个田野的孩子
又去了何方
她的书中还会有麦穗的故事吗
她的诗中还会有牵牛花的思念吗
她还会唱起纺织娘的歌吗

树

树哭了
在那夜风起
它断送了生命
人哭了
在那夜风起
他失去了良朋

昨夜的圆月

耳畔那声鸡啼
不知何时化作了记忆
轻捧着那绵柔的水流
却再也没有童话的泡泡
敲开那历史的柴门
静谧中失去了昨夜的圆月

答　案

那缕炊烟散了
那座土屋远了
麦穗的呼唤还会重响吗

那个老妪走了
那个老叟哭了
芦花的恋歌还会重奏吗

一张旧照片

晨鸣的布谷
是你带走了孩童的期待吗
照片中敬仰高塔的孩子
你是否早已忘记了金色的心愿
午后小憩的纺织娘
是你带走了孩童的歌声吗
照片中林间奔跑的孩子
你是否早已遗忘了蝴蝶的谜团
子夜的萤火虫
是你带走了孩子的懵懂吗
照片中眺望麦田的孩子
你是否早已遗忘了蜜蜂的家园

思　　念

石墩是家的思念
我坐在上面
看着远方的田野
映出奶奶的笑脸

致童年的守护者

（一）

你说过
你要守护我一生
可时间的磨盘
带走了小院的葡萄藤

你说过
你要陪伴我一生
可时间的车马
带走了小院的蝈蝈声

梦告诉我
我该忘却童年的小院
可你把星星的思念
悄悄地留给了人间

（二）

你悄悄地经过

那刺骨的寒风
便如绿草般轻柔
你似人间的樱花
飘飘洒洒
治愈了我的痛苦
你似人间的烟火
起起落落
治愈了我的黑暗
我想在冬日
与你紧紧地蜷缩在最温暖的角落
我想在夏日
与你紧紧地依偎在最凉爽的绿荫
我想在每日
与你紧紧地拥抱这繁华的人间

知　音

我望着树的孤独
树望着我的寂寞
我用梦装点了树
树用绿融化了我

望 乡

（一）

上帝笑了
一座城演了场闹剧
乡村却寂静了

上帝哭了
一个乡村赠予了所有
城市却沉默了

（二）

城市即使再繁华
也守不住人的内心
日夜过往
多了浮躁
多了失落

乡村即使再荒芜
也牵动着人的内心

停车那一刻
没有了孤独
没有了遗憾

（三）

城市的繁华
是热闹的街道
是通明的灯火
是楼上楼下的漠然

乡村的冷清
消磨了一切
只留鸟叫与鸡鸣
却是希望的起点

梦的创造者

父亲是梦的创造者
他的每个梦
都曲折跌宕
足以让我沉迷
其实那不是梦
那是父亲一生的理想

时间的轴轮

时间的轴轮
是小溪的清澈
摇曳的柳枝
荡起波光的欢快

时间的轴轮
是雏鹰的期待
盘旋的山崖
映着天空的自在

时间的轴轮
是荷花的秀美
轻柔的浪花
唤醒沙滩的记忆

时间的轴轮
是候鸟的等待
朦胧的田野
编织家的未来

写给父亲

那一年的冬
无知的我
鲁莽地闯入这个世界
却被纷杂磨去了幻想
你悄悄地为我构建了桃花源

那一年的夏
无知的我
鲁莽地闯入这个轮回
却被无助磨去了快乐
你悄悄地为我建造了童话的城堡

你总说起汽车的自由
却不知我喜爱电动车的快乐
你总说起富人的奢华
却不知我喜爱穷人的简朴
你总说起我的唠叨
却不知我喜爱你的微笑

每一个惧怕的黑夜

都被你悄悄地换作黎明的希望
每一个抱怨的冬天
都被你悄悄地种上春天的生机

铃　　声

铃声还在响
可她已无奈
垂下手而睡
想起你的笑
哦，那个铃声何时能停

铃声停了
你的话又暖在我心田
真好！梦却破了
那么多个通话都是空白
或许是刻意
或许是真情难忘

童　年

雨落下了
家乡的炊烟散了
我的童年
是那糊涂的纸飞机
一去不返

回　忆

梦的海洋
有记忆的小岛
岛上有属于我的贝壳
那都是过往的记忆
一片新叶的烙印
是一种淡淡的情愫
小时候
盼离人在烟火中归来
长大了
盼亲爱的你不要在烟火中消失

谎言的游戏

当一个至亲的人离开,人们为了不让孩子哭泣,都会给他编造一个善意的谎言。孩子只有慢慢地长大,才会明白谎言背后的真相。

殿堂的钟声
向孩子撒了一个谎
它说
一声是欢笑
两声是甜蜜
三声是团聚
可后来
当漆黑的屋子
再也未放出孩子的记忆
那懵懂的孩子才明白
一声是悲伤
两声是分离
三声是思念

电　话

夜静，吹去了杂尘
不忍地放下你
轻轻呼唤你
你的声音响起
心痛已非
谈谈过往
聊聊至情
我的泪又涌出
好久好久
已没有与你畅聊
这一次是最后还是开始
天也难判

听雨声,听风声,听歌声

听雨声,听风声,听歌声
我把一首歌
唱给院落的槐树
那五月的芬芳
是纸鸢划过的童年

听雨声,听风声,听歌声
我把一首歌
唱给大海的礁石
那七月的温暖
是青蛙踏过的回忆

归 乡

新苗初绿暖阳中
黄叶报秋无限情
遥望田原归梦处
南山渐近喜鸡鸣

暮归感怀

鸟去留音逗
客行犬与闻
夕阳铺远道
苍岭近烟村

乡　愁

薄暮夕阳落
寻家雏鸟归
故园虽咫尺
情断几难回

思　忆

落叶知秋的过往
却不知春的繁华
无声的鸿雁
迷失在那个午后
轻踏一方纯真
才知天涯的一声啼号
早已化作云烟

写给五爷爷

（一）

银杏叶落了
我怎么也等不到
被银杏叶装点的老人
冬雪快来了吧
那个赶车的老人
你怎么还没有归来
你是不是忘记了
春日的花环
夏日的葡萄
你是不是忘记了
秋日的关怀
冬日的承诺
怎么能丢弃
这个世界的我
你对我的疼爱
明明不会改变
那是不是小气的老天
因为羡妒夺取了你对我的爱

(二)

春月的和风
化作小院的新绿
遮住了旧径
我淌着泪呼唤你

夏月的藤蔓
化作小屋的新装
遮住了旧瓦
我淌着泪呼唤你

秋月的黄菊
化作门口的新帽
遮住了旧窗
我淌着泪呼唤你

冬月的红梅
化作村落的新景
遮住了旧檐
我淌着泪呼唤你

永去的记忆

静谧的屋
沉古的树
蔓延的杂丛
早已荒芜
早已遗弃

鸟走了
人去了
破旧的门闭了
闭上一个祥和的世界

书

有一本书
在柜中沉寂了多年
灰已落满
页已发黄
那是父亲青春的梦想
那夜梦破了
只为一个承诺
一个爱的承诺

童 趣

蒲公英的梦
唤起纸鸢的童年
纸飞机的停驻
似画似诗
把春日的故事
悄悄地讲给
月亮下祈祷的孩子

字

那个字在心底
埋了多深
那个字在脑海
藏了多久
我早已淡忘
我想有一天
我真的会忘记
也许会着急
也许会伤心
也许会失落
就为了你
我忍着风雨的考验
历经百回的折磨
也不忍忘却那个字

抉　择

若能一夜间
回到过去
愿那微弱的烛光
照亮黑暗的小屋

若能一夜间
回到过去
愿那停靠的火车
不会带走思念的背影

若能一夜间
回到过去
愿那守望的儿童
不再用哭声挽留

父 亲

我的天空
只有一种色彩
是父亲为我涂染的爱

我的天空
只有一种鸟飞过
是父亲放飞的白鸽

我的大地
只有一种花
是父亲为我种的爱之花

我的大地
只有一棵树
是父亲给予我永远的依靠

圆月的故事

月亮圆了
心却碎了
我去了新的世界
这里失去了情义的温暖
这里丢失了自由的快乐

月亮圆了
梦却沉了
我去了新的世界
这里没有孩童的糖果
这里没有老人的关怀

月亮圆了
星却落了
我去了新的世界
我不再相信童话的美好
我不再质疑离别的悲哀

月亮圆了
我如一片叶子

静静地等待
那朝阳的一封信

家的记忆

石梯是家的故事
我抚摸着它
望着远方的麦田
远方的麦田
讲述着家的故事

文章与诗

父亲是我的文章
每一段都让我流泪
每一个句子都让我动情

我是父亲的诗
每一首都让父亲欢笑
每一个词语都让父亲感动

文章与诗的相遇
成了世间的最美

炊　烟

麦田的炊烟
定是夜月的黎明
可惜我不再是那颗星
穿行于浩瀚的宇宙

山峦的炊烟
定是雪原的春风
可惜我不再是那只蝶
横飞在花海的季节

苍穹的炊烟
定是天宫的晚宴
可惜我不再是那个仙
飘纵在自由的世界

"毛线"的诗

无声的世界
是孤独的
或是沉寂的
可夜的月
是我的希望
是我的思念
我念春的那声莺啼
我念夏的那声蝉鸣
我念秋的那片红叶
我念冬的那片白雪
可是时间的轮转
为何让我想起了
自由的纯真

注："毛线"是一只仓鼠的名字。

童　真

西风卷起虫儿的哀啼
为何没唤醒鸿雁的芳洲
冬月点亮了那颗星
为何没唤醒松鼠的梦乡
芦花荡的歌声
可还在那个春日响起
记忆的磨轮
在那个春季
回归童真的美好

窗　前

晨霜催梦又难眠
忽见残花破雪还
风绕断枝闻雀语
回眸山远近村烟

车

一辆车
是柳枝的快乐
岁月的磨轮
走过春的希望

一辆车
是斜阳的天真
岁月的磨轮
走过夏的火热

一辆车
是彩云的等待
岁月的磨轮
走过秋的丰收

一辆车
是麦田的记忆
岁月的磨轮
走过冬的思念

奶　奶

奶奶
银杏叶落了
你选择了留下
可冬雪落了
你为什么选择了离开
奶奶，你走了
莲花灯的小屋
再也没了欢笑
奶奶，你走了
核桃树的小院
再也没了团圆
奶奶，你走了
我看清了人间的黑白
也学会了与天抗争

献给永远离开的奶奶（组诗）

莲花灯的幻想

我曾一千次仰望天空
我好奇佛祖的悲悯
我渴望菩萨的疼爱
我曾一千次俯视大地
我好奇土地公的顽皮
我渴望阎罗的帮助
那日佛祖的祥云
那日菩萨的杨柳枝
只是带走了你的故事
那日土地公的叹息
那日阎罗的冷漠
只是吹灭了你的莲花灯

大山的故事

今日我看见一缕烟雾
它带走昨夜群山的哭闹
那永恒的静寂

仿佛又忘却了昨日的记忆

今日我看见一部经书
它抚平昨夜群山的烦躁
那不变的沉默
仿佛又忘却了昨日的故事

今日我听见一支曲
它唱给昨夜悲痛的群山
它唱给昨夜远去的老人

今日我听见一首诗
它吟给昨夜疯狂的群山
它吟给昨夜消亡的灵魂

无声的夜晚

昨夜我看见通往云间的列车
那里连接着无边的祈盼
昨夜我看见通往望乡台的列车
那里连接着无尽的思念

昨夜我看见黑色的深渊
那汹涌的浪涛吞噬着我的梦
昨夜我看见白色的冰川
那坚硬的雪崖刺碎了我的心

昨夜我看见庄严的佛祖
我疯狂地祈求
我不能没有这颗星星的陪伴

昨夜我看见慈祥的菩萨
我疯狂地哭泣
我不能没有这轮月亮的偏爱

田野的孩子

或许我不是田野的孩子
寺庙的钟声落了
我就再没有得到田野的呵护

或许我不是田野的孩子
小院的大树倒了
我就再没有听到田野的祝福

或许我不是田野的孩子
佛堂的莲花灯灭了
我就再没有得到田野的安抚

或许我不是田野的孩子
土炕上的老人离开了
我就再没有听到田野的摇篮曲

停　　驻

我是一只百灵
愿把歌声传给人间
让所有的春日为我停驻

我是一只蝴蝶
愿把美丽带给人间
让所有的森林为我停驻

我是一株矮草
愿把纯真留给人间
让所有的夏日为我停驻

我是一朵野花
愿把芬芳送给人间
让所有的绿荫为我停驻

我是一轮太阳
愿把温暖赠给人间
让所有的秋日为我停驻

我是一弯明月
愿把乡愁分给人间
让所有时间为我停驻

故 乡

故乡啊
多少年的风雨
也不曾把你改变
雁总在秋天离开
叶总在秋天落下
雁走时
不曾带走我对你的思念
叶落时
不曾夺走我对你的依恋
啊，亲爱的故乡
如母亲的怀抱
如父亲的肩头
让我久久不能忘却

山 茶 花

如果我失去了记忆
就把山茶花放在我的枕边
那里有梦想与追寻
它是对我过往的总结
那里有美丽与可爱
它是对我心灵的书写
昨夜的梦
那个期待的团圆
那个祷告的自由
又悄悄地被山茶花带进我的故事
我看见山茶花化作母亲
用身躯挡住了虎豹的入侵
我看见山茶花化作父亲
用文字平息了战乱
我看见山茶花化作奶奶
用双手擦干我绝望的泪
我看见山茶花化作爷爷
用微笑告诉我家的方向

时空的穿越

我要写一支儿歌
献给五岁的你
那年的你踏上了送别的月台
匆匆而过的绿皮车
带走了你童年的快乐记忆

我要写一首短诗
献给九岁的你
那年的你跌入了生活的洞穴
凄冷黑暗的阴风
带走了你少年的自由

我要写一篇童话
献给十四岁的你
那年的你坐上了命运的过山车
跌宕起伏的轨道
带走了你青春的泪滴

我要写一曲长歌
献给十六岁的你

那年的你跌入了梦的困境
恐怖惊险的奔跑
带走了你成长的稚气

我知道蒲公英散了
你的期待也散了
你不敢假想乐观背后的秘密
那是一层层痛苦后的蜕皮

等 风 来

张开嘴
等风来
芬芳的气味是儿时奶糖的香甜
张开双臂
等风来
缭绕的炊烟是家的团圆

山巅的少年

孤叶挟蝶翩飞的夜
雨落入少年的梦
星河点缀的藤桥
留下少年最后的印记
楼上的旅人看着摇荡的河水
伴着萤火虫的憨笑入睡
冥王无数次的惋惜
震怒了过往的灵魂
山巅的少年
听着野兽嘶吼不知后退
也许
少年背后的荒林
早已苏醒

二十年

二十年
懵懂的杨柳
听着春燕的旅歌
却盼不到
桃花的粉容

二十年
沉默的杨柳
听着夏蝉的孤鸣
却找不到
荷花的清影

二十年
沧桑的杨柳
听着冬雀的低语
却不知几片黄叶
成了芦花的诗侣

旅　　程

那缕风
是我吻过的风
我多希望她能带走
铃兰花的祝福
那不是我的自私
我只是不愿看见
山谷的狭隘

那只鸟
是我吻过的鸟
我多希望她能带走
太阳花的快乐
那不是我的无情
我只是不愿看见
农夫的愚昧

那匹马
是我吻过的马
我多希望她能带走
栀子花的纯真

那不是我的嫉妒
我只是不愿看见
小城的无知

感　恩

高山是我的父亲
解开我的困惑
小河是我的母亲
倾听我的苦恼
喜鹊是我的老师
带我飞往诗的远方
柳絮是我的朋友
带我追寻如歌的春天

路灯下的姑娘

路灯下的姑娘
你也是
今夜的一颗星星吗
你为什么
总在寂寥的冬天
温暖这个世界

路灯下的姑娘
你也是
今夜的一朵蜡梅吗
你为什么
总在平淡的冬天
点缀这个世界

路灯下的姑娘
你也是
今夜的一首童谣吗
你为什么
总在无望的冬天
点亮这个世界

未知的世界
晓雾浮尘
却不知烟林夕照的美景
鸟鸣四伏
却不知彩云一路的歌声
想走进一个静谧的世界
却不知正身处喧闹的小城

风的思忆

第一缕风
推开了小院的木门
我看见那个熟悉的老人
静静地翻着一本经书
那斑白的头发
那老旧的花镜
那温柔的喃喃自语
是在为谁祈福
又在等待谁的归来

第四辑

藏羚羊的祈祷

孩子的童话

孩子的童话
是薄荷糖的清凉
最爱寻觅天鹅的清泉

孩子的童话
是水果糖的酸甜
最爱寻觅玉兔的月宫

孩子的童话
是姜糖的辛辣
最爱寻觅蝉鸣的青藤

孩子的童话
是奶糖的清香
最爱寻觅萤火虫的星空

孩子的童话
是上帝洒落的彩虹糖
最爱寻觅蝴蝶的花丛

梦的孩子

（一）

梦的孩子
你如一汪清泉
是那么的洁净
夕阳下的愿望
如蒲公英的约定

梦的孩子
你如一片阳光
是那么的温暖
小院的诺言
如麻薯的香甜

梦的孩子
你如一缕春风
是那么的温馨
小车的向往
如玉石般纯真

（二）

梦的孩子
愿你做人间的小画眉
暖暖快乐
回响在月亮的小屋里

梦的孩子
愿你做人间的彩虹糖
甜甜微笑
萦绕在太阳的梦境里

梦的孩子
愿你做人间的莲花灯
朵朵光华
荡漾在小河的柔波里

（三）

梦的孩子
快点抛弃夜的黑暗
我愿你做夏的天使
让飞燕草的自由
引导你的未来

梦的孩子

快点抛弃风的痛苦
我愿你做秋的天使
让白兰花的纯洁
洗涤你的心灵

梦的孩子
快点抛弃雨的烦恼
我愿你做冬的天使
让吉祥的水仙花
寻找你的幸福

梦的孩子
快点抛弃雪的寒冷
我愿你做春的天使
让向阳花的光芒
照耀你的人生

灯 亮 了

灯亮了
月亮的心圆了
星星的故事不再孤单
寒冬的孩子
你还在哭泣吗

灯亮了
月亮的心圆了
兔子的童谣不再悲伤
子夜的孩子
你还在徘徊吗

灯亮了
月亮的心圆了
羚羊的神话不再逍遥
雨中的孩子
你还在害怕吗

灯亮了
月亮的心圆了

昙花的传说不再彷徨
风中的孩子
你还在迷茫吗

灯亮了
月亮的心圆了
海龟的岛屿不再消亡
赶海的孩子
愿海螺能找回你永远的家

圈

圈内的人走不进圈外的天地
圈外的人融不进圈内的世界
圈内的人嘲笑圈外天地的荒草凄凉
圈外的人怜惜圈内世界的冷月晦暗
渴望自由的鸿雁
挣脱圈内的羁绊
在圈外的天地自由地找寻云烟的童话
花草的羡慕
星辰的点赞
让圈外的天地成为幸福的乐园

我是一只鸽子

我是一只鸽子
一只踏过西欧城堡的鸽子
知道钟声的嘈杂
知道人性的冷漠

我是一只鸽子
一只踏过沙漠的鸽子
知道骆驼的哀怨
知道沙丘的苦楚

我是一只鸽子
一只踏过太平洋的鸽子
知道海浪的喧嚣
知道轮船的迷茫

我是一只鸽子
一只被人间遗忘的鸽子
没有人懂得我的故事
而我却懂得你们的思念

我愿这个世界

我愿这个世界
做一次孩童
我想在纯真中收获记忆

我愿这个世界
做一次老人
我想在幸福中收获岁月

折伤的自由

望月砂的苦是嫦娥的清影
桂花开了
青山乐了
却不知岁月的裂痕折伤兔的自由

焦粘饼的苦是恶犬的吠声
槲叶落了
青山怒了
却不知岁月的勒痕折伤鸟的自由

心中的诗，远方的梦

心中的诗
书写远方的梦
童年的歌
轻轻飘过你的床前
亲爱的小姑娘
你睡得多么香甜
让我写一首歌送给懵懂的你
不要流泪
不要恐惧

梦的怪兽让我来寻觅
悄悄地走过你的窗前
亲爱的小姑娘
你笑得多么灿烂
让我写一首歌送给纯真的你
不要担忧
不要生气

梦的怪兽让我来打败
轻轻地留下一个吻

亲爱的小姑娘
麦田的纺织娘
磨坊的小毛驴
还是你童年的诗歌
悄悄地留下一句呢喃

亲爱的小姑娘
油菜花的春
蜡梅花的冬
还是你童年的梦想
轻轻地
悄悄地
我唤回那缕炊烟
亲爱的小姑娘
我知道你的童年
我愿为你谱写远方的歌

你告诉我

你告诉我
那喜马拉雅山的高峻
却没有告诉我
你是多么的渺小

你告诉我
那贝加尔湖的宽阔
却没有告诉我
你是多么的狭隘

你告诉我
你是人间的星星
明亮而又活泼
你会在被唾弃时
微笑地安抚着迷路的孩子

我　　愿……

太阳落了
愿它化作云朵
停留在每一个孩童的心中

月亮落了
愿它化作星星
停留在每一个孩童的梦中

我不知道
蒲公英何时会降落
只希望它带着孩子的笑脸

我不知道
火车的鸣笛何时停止
只希望它带着孩子奔跑

心　愿

我想做一个天使
把所有的温暖
播种在凄冷的冬天

我想做一个天使
把所有的快乐
播种在无月的夜晚

我想做一个天使
把所有的记忆
播种在美好的心田

我想做一个天使
让幸福的云雀
带我到达自由的海滩

我想做一个天使
让美好的蒲公英
带我飞往圣洁的高原

我做了人间的天使

我做了人间的天使
能感到冬雪的温暖
我做了人间的天使
能看见春风的关怀
我做了人间的天使
要让哭泣的孩童
都拥有一只小鹿的欢快
我做了人间的天使
要让叹息的老人
都拥有一个幸福的笑容
我做了人间的天使
我要让一切
都成为蝴蝶编织的花环

梦的使者

我是梦的使者
为思念的游子
找到最美的花田

我是梦的使者
为渴望的孩童
摘取最亮的星星

我是梦的使者
为等待的老人
装点欢快的小院

我是梦的使者
为相爱的人
捧起浪漫的烛光

我不再是……

我不再是沙漠中被束缚的红柳
每日企盼甘露的恩赐
我早已是沐浴溪流的芦苇
追寻着燕子的自由

我不再是汀洲上困守的麻鸭
每日企盼小河的恩赐
我早已是刺破苍穹的雄鹰
追寻着雪松的孤傲

我不再是黑夜中等待的金鸡
每日企盼阳光的恩赐
我早已是照耀大地的星星
追寻着玉兔的欢乐

感　悟

生活不是过往的迷雾
轰隆隆的机器
却怎么也找不到百灵的身影
生活不是眼前的尘烟
潺潺流水的琐碎
却怎么也看不到萤火虫的微光
生活不是未来的圆月
婆娑疏影的欢笑
却怎么也不明白玉兔的自由

不愿看到玫瑰满世界的疲惫
却渴望藤蔓的拥抱
啾啾鸟鸣的痛苦
不及沉默羔羊的孤独
斑斑血痕的老牛
是地府中孟婆汤的苦涩
片片轻羽的鸿雁
是天堂中安琪儿的甜美
砖破瓦损的寒窑
只要能轻捧野菊的傲骨
那也是奢侈的生活

安琪儿的信者

(一)

我是安琪儿的信者
愚昧的人嘲弄我的无知
高飞的鸿雁却哭了

我是安琪儿的信者
自私的人嘲笑我的疾苦
傲娇的玫瑰却开了

我是安琪儿的信者
肤浅的人嘲讽我的疯癫
自由的夏虫却沉默了

(二)

我是安琪儿的信者
密林的小鹿
山崖的金银花
都吹着幸福的短笛

我是安琪儿的信者
丘陵的羚羊
田埂的马兰花
都弹着美妙的风琴

我是安琪儿的信者
沙漠的骆驼
高原的格桑花
都摇着欢快的风铃

刚 与 柔

我踏过雪松的刚劲
却迈不过兰草的轻柔
不是我的脆弱
而是我的悲悯
我飞过火山的艰险
却跨不过草原的平淡
不是我的胆小
而是我的慈善

梦想的呼唤

梦想呼唤我
我来了
我要去装点美丽的花园
梦想呼唤我
我来了
我要去寻找静谧的森林
梦想呼唤我
我来了
我要去收割金黄的麦田
梦想呼唤我
我来了
我要去畅玩浪漫的海滩
梦想呼唤我
我来了
我要去建设一个新的世界
我要在那里养一匹马
它是我的陪伴者
我要在那里牵一朵云
它是我的守护者
我们无忧无虑地生活着

我想做一次神

我常常在思考
却在思考中沉睡
我想做一次神
清楚地看一看
阎王的生死簿是否公平
孟婆的汤是否甘甜

我常常在回忆
却在回忆中痛哭
我想做一次神
清楚地看一看
人间的岔路是否平整
月亮的孤灯是否闪光

我常常在踱步
却在踱步中迷失
我想做一次神
清楚地看一看
孩子的前路是否美好
老人的梦境是否完满

致未来的你

你有野马驹的天性
却被黑色的绳索束缚
你有牦牛般悠然的心
却因白色的灯火沦陷
我知道
你是那个爱哭的孩子
因为你的画盘里
颜料早已干涸
我明白
你不是那个爱笑的孩子
因为你的画纸上
线条早已凌乱
未来的你
也许还是小城中的一员
但我清楚
未来的你,一定是
画中追随太阳的孩子

盗梦者

我要做一个盗梦者
盗取孩童恐惧的梦
让喜鹊的欢快
永远住进孩子的世界

我要做一个盗梦者
盗取老人空虚的梦
让鹦鹉的问候
永远住进老人的世界

我要做一个盗梦者
盗取母亲纠结的梦
让孩子的纯真
永远住进母亲的世界

我要做一个盗梦者
盗取游子思念的梦
让炊烟的依恋
永远住进游子的世界

我要做一个盗梦者
盗取凡人痛苦的梦
让所有的甘甜
永远住进凡人的世界

幸 运 星

从明天起
我要把鸿雁的短笛
送给牛背上的牧童
远方的星星
已经照亮了山冈

从明天起
我要把芦草的古琴
送给羊群中的顽童
远方的星星
已经照亮了草原

从明天起
我要把浪花的竹箫
送给礁石边的仙童
远方的星星
已经照亮了大海

从明天起

从明天起
我要做一朵花
开在荒芜的峭壁
开在残败的冬日
让所有的希望之光
照亮那无助的小窗

从明天起
我要做一棵树
长在炙热的沙漠
长在空旷的原野
让所有的美好
消除那丑陋的伤痕

从明天起
我要做一滴水
浇灌枯萎的枝叶
浇灌贫瘠的土地
让所有的幸福
滋润那干涸的心田

世界的色彩

你若要问我
世界是什么颜色
我愿告诉你
世界是白色的
是一张张纯洁的纸
载满孩童的希望

你若要问我
世界是什么颜色
我愿告诉你
世界是黑色的
是一个个期待的夜
载满黎明的希望

你若要问我
我愿告诉你
世界的色彩若是灰色
心中便迷茫
世界的色彩若是彩色
心中便晴朗

隐藏的守护者

我是人间的守护者
我喜欢
在云雾里嬉戏
在雪被下沉思

我是人间的守护者
我喜欢
看黎明的鱼肚白
看傍晚的云彩

我是人间的守护者
我喜欢
听孩子的歌声
听老人的笑声

生命的礼赞

活着
就做一株小草
用默默的付出
装扮四季

活着
就做一棵青松
用亘古的大爱
温暖四季

活着
就做一匹小马驹
用欢快的歌谣
唱响四季

活着
就做一个孩童
用纯真的语言
描绘四季

顽强地活着

顽强地活着
就像高原上的雄鹰
笑对峻峭的山峰

顽强地活着
就像冰川下的小鱼
笑对寒冷的溪流

呼　唤

麋鹿愿把甘露给予汪洋
却不顾沙漠探头的新芽
甲虫愿把春叶给予密林
却不顾荒原哭泣的秃枝
杜鹃愿把晨歌给予暖阳
却不顾冷冬打战的细雨
淡淡明月给予孩童希望
却仍想追寻嫦娥的自由
消退了兽性的豹群
轻抚着大地的不安

渴望与梦

懵懂的孩子也许会面对突如其来的灾难。他们中有多少人羡慕别人的生活、渴望梦中的生活。如果愿望能成真，懵懂的孩子会不会也有个快乐的童年？

（一）

神父亲吻了男孩的羊群
那火竟如被驯服的猛兽
悄悄地沉入海底
惊恐的羊儿
脱去了冬衣
向死寂的天空炫耀着
男孩的大树
或许还在燥热中
拭去男孩的泪
男孩的房屋
或许还在闪电中
吞噬着男孩的恐惧

(二)

圣母晃了晃女孩的竹篮
那洁白的孔雀
竟在歌谣中带走了女孩
闹市的街头
乖巧的女孩
褪去了所有的红润
还揣着雨露的小手
再也无法抚平太阳的金发

耶路撒冷

耶路撒冷没有冬天
孤独的小雪
也有太阳的关怀
耶路撒冷没有冬天
多元的文化
纯真的建筑
摒弃了多少世俗的杂念

男孩的快乐

我在人间贩卖快乐
却忘记把它
留给病榻上的男孩
我把珍藏的气球送给他
却不知道
在某一日的清晨
他和气球飘向了远方
我想,那个远方
也有一个贩卖快乐的人
但我不再糊涂
不再贪心
把所有的快乐
都赠予等待中的他
我看见红色气球
好像又飞了回来
它载着幸福的小熊
也许这就是男孩留给我的唯一

问　好

我是一粒沙

一粒渺小的沙

融于汪洋

那阵阵潮声

是我在向海鸥问好

那朵朵浪花

是我在向礁石问好

我是一团雾

一团淡淡的寒雾

化于春潮

那绵绵春风

是我在向花儿问好

那点点春雨

是我在向麦苗问好

我是一只小鸟

一只瘦弱的小鸟

行于林间

那咕咕歌声

是我在向小溪问好
那翩翩舞姿
是我在向大山问好

光

灯黑了
情断了
风住了
树静了
泪却仍在
心还与之徘徊

月走了
天黑了
世间的光
你去哪儿了
我守你
我等你
就只盼明日的路还可前行

秋

那一年的秋
还留有蝉鸣的燥热
失望的双眸
受伤的心灵
早已飘起了腊月的大雪

这一年的秋
腊月的大雪悄悄地访问
期待的双眸
抚慰的心灵
还留有蝉鸣的燥热

我常常在想
是不是秋风的改变
才让一个迷茫的人
知道了什么是珍爱

是不是秋雨的浸润
才让一个无助的人
知道了什么是温暖

独　白

（一）

如果有一日
草原需要一只绵羊
我就去草原安家

如果有一日
森林需要一只百灵
我就去森林安家

如果有一日
田野需要一朵油菜花
我就去田野安家

（二）

我嘲笑过
麻雀的懦弱
而我也是一个
会在风雨中哭泣的孩子

我数落过
白兔的善良
而我也是一个
会给蔷薇花打伞的孩子

花的贪恋

百合开了
那是五月的微笑
它轻笑着鸽子的天真
我轻微地摇荡
不是嫉妒
而是贪恋

桂花开了
那是八月的细语
它呢喃着云雀的可爱
我轻微地摇荡
不是羡慕
而是贪恋

小 小 的 你
——写给患自闭症的孩子

（一）

天狗吐出了月亮
小小的你
为何还在哭泣
你眼中的恐龙
或是你对往日的追忆
你眼中的花朵
或是你对未来的渴望
你把善良留给了上帝
上帝却调皮地
关上了你的灯

你说过
地球是你的家园
你说过
大树是你的生命
可地球上的大树累了
你怎么还是丢弃了
生命的家园

(二)

小小的你
是否曾经羡慕过
拥有太阳的云朵
小小的你
是否曾经怜惜过
失去双翼的麻雀
可谁会给予你
一个微笑

我不知道
小小的你
能否在黑夜中
找到黎明
我不明白
小小的你
能否在冬天里
找到花园
我却愿小小的你
来世不再做笼子里的鸟

被遗忘的山村

那一日
我亲眼看见
跛脚的兔子
失声的公鸡
都献祭给饥饿的猛兽
落后的刺猬
痴癫的黄狗
都献祭给暴雨的泥潭

而今夜
我并不知道
送子娘娘
会不会光临
男婴的啼哭
又谱写了多少欢笑
救苦救难的观音
会不会光临
少女的祈祷
又增添了多少温暖

短诗十九首

一

我不愿做忧天的人
可我也不愿做冬眠的青蛙

二

我不强迫把诗歌鞭打进自己的灵魂
那样就算最华丽的辞藻
也会堆积成一座废墟

三

我并不知道诗歌会带来什么
可我知道
它能唤醒我昏昏欲睡的灵魂

四

我明白
我的思想从未登上高峰
可我更明白
我有一个不甘平庸的灵魂

五

都在渴望孟婆汤带来的无忧
可有没有想过一切的烦恼
都来自深深的渴望
或许那所谓的孟婆汤
不过是一剂
安抚内心的假药

六

鱼虫笑了
那是嘲讽的笑
在昨日
我拒绝了鱼虫的邀请
可目光短浅的鱼虫
怎会知道
猛兽的独行
才是我的向往

七

耸入云霄的灯塔
是扎破天河的针锋
无不挑动星星的心

八

我愿看见树梢上鸟的沉思
却不愿看见笼中鸟儿的欢歌
那快乐的束缚
怎能知道蓝天的自由

九

太阳是害羞的孩子
总喜欢躲在树婆婆怀中
偷偷地张望这个世界

十

灯照亮了树
我看见那婆娑的树影
像奶奶守护着我前行

十一

黎明的眼睛
定是奶奶化作的金光
它驱散了黑夜的彷徨

十二

墙角的光
那渺小的温暖
让孤独的孩子睁开了眼

十三

我活着
就像残垣上的断壁
用血浸染旗帜

十四

美丽的鲜花
在没有温度的花园
在没有感情的花园
它必将死于今夜

十五

我为黑夜唱赞歌
我为白昼谱新曲
可糊涂的上天
把糖果送给了会哭的孩子

十六

生命是昙花
脆弱的枝丫
总想在子夜划破黑暗
生命是樱花
短暂的绽开
总想在春日留下欢乐

十七

我活着
就像河里孤独的鱼
努力地寻找心中的那朵莲

十八

柳色挑逗的金光
是古楼沉睡百年的故事
我望着那座古楼
那是过往
我望着那缕金光
那是未来

十九

我向梦婆婆哭诉
你化作方巾
擦去我的泪水
我向梦婆婆抱怨
你化作蜜糖
融化我的烦恼

附:

心中的诗,远方的梦
——读王梦谦诗集《云雀飞过向阳花》

宁颖芳

王梦谦是一名高中女生,在繁重的学业之余,她喜欢沉迷在词语的世界里,用分行的文字记录下自己青春的欢笑、迷茫和忧伤,于是就有了这本诗集《云雀飞过向阳花》。

读王梦谦的诗,就像走进了烂漫的花季,感受着年轻时光里那明亮的阳光、晶莹的雨水、透明的露珠和纯净的云彩。她的诗在写法上继承了新诗的传统,注重结构对称,语言富有节奏感,没有繁复的意象,只是把自己一颗真诚的心用文字素描出来,呈现给世界。王梦谦善于从大自然中的花草树木、日月星辰、风雨雷电中发现诗意。她的诗歌中既有天真质朴的童趣,也有青春的迷茫与生命成长中的忧伤;既有囿于现实樊笼中的挣扎,也有对自由生活的渴望。

艾青说:"从你心灵里流露出来的诗便是好诗。"是的,诗歌是心灵的产物,是内心情感的自然流淌。王梦谦的诗,意象简单,自然纯真,直抒胸臆。她的诗中多次出现蒲公英、云雀、天使等意象,这些有翅膀的词语,带着她的心灵向着广阔的天空和希望的远方飞翔。在《明天》一诗中，她写道："从明天起／我要做一只追梦的云雀／紫色的闪电／白色的雪花／都将为我祈福。"在《云朵的故事》这首诗中，她通过丰富的想象和联想、优美的语言，形象地展现了她在成长过程中的追寻与憧憬。在她眼里，云朵是上帝的彩袖、青鞋、长笛、酒壶，用来寻找欢乐的清泉、自由的蓝天、温暖的小院和童真的庄园。读这首诗，能让人产生共鸣，给人启迪，引人不断遐思与久久回味。

王梦谦的诗歌不仅关注自己内心的悲欢，更表达了一个花季女孩对孩童及弱势群体的关爱与祝福、对美好世界的向往与追求。在《灯亮了》中，她对在生死边缘挣扎的人送上一份关爱与祝福，希望在寒冬、在子夜、在雨中、在风中的孩子能够得到圆月、灯盏和温暖的家。《我愿……》这首诗，是她心声的表达。她把美好的愿望送给成长中的孩童，愿他们没有忧伤和恐惧，愿"蒲公英带着孩子的笑脸／火车带着孩子奔跑"。在《我做了人间的天使》一诗中，她写道："我做了人间的天使／我要让一切／都成为蝴蝶编织的花环。"还有《盗梦者》等诗，都表达了她对心中理想世界的向往、对梦中乐园的憧憬之情。

我不知道王梦谦是否有过乡村生活的经历，或者只是短暂的停留与眺望。但从她的诗句中可以看出她对乡村宁静质朴的田园生活的热爱，对城市浮华喧嚣生活的疏离。她的一些诗歌，也闪耀着哲思之光。像《镜光》《时间的轴轮》《望乡》《我想做一次上帝》《世界的色彩》等，让她从个人生活与情感世界的书写中跳出来，对社会、对人生等命题有了自己独到的思考。

王梦谦有一首诗叫《心中的诗，远方的梦》。这首诗或许最能表达她写诗的缘起——"*心中的诗/书写远方的梦*"。她与童年告别，与童话告别，与纯真的时光告别，走向青春和远方，朝着向阳花般坚定的方向前行。同样她也有对未来旅程的迷茫与担忧，而诗歌也许就是成长岁月中最好的安慰与告白。

王梦谦尚在青春花季，未来可期。希望她继续多读书，勤练笔，在诗歌创新上下功夫，不断突破自己，写出更好的作品。希望她像云雀飞过向阳花那样，在未来广阔的道路上，以诗为马，自由驰骋，去拥抱前方绚丽的朝阳！

宁颖芳，中国作家协会会员、陕西省作家协会理事、咸阳市作家协会副主席。

天真的诗意

阮 心

意象和意境都离不开诗人的心理，按照康德在《判断力批判》中的说法，美就是感知，完全是情感的。美从来都是单纯的。

读王梦谦同学的诗，像走在春光里，又像在炎热的夏天饮下甘泉水，清而甘醇，那种至真至净的味道，使阅读成了享受。一首诗成了一幅画或者一片风景。字里行间着实也寻不出预备的痕迹，小作者丝毫不费心血，意象便涌上心头，下笔像风一样自由。每每读到妙处，不禁感慨，小姑娘不简单呀！

小小年纪，就具备了诗人的潜质，大概受诗人父亲的遗传吧。宋代严羽在《沧浪诗话·诗辨》中说："夫诗有别材，非关书也。诗有别趣，非关理也。"而古人未尝不读书，不穷理，"所谓不涉理路，不落言筌者，上也"。故诗有它自己本身的"材料"——独特的文体，跟看多少书、掉多少书袋都没多大关系，所以应该有"别趣"，即独特的审美趣味。凡抓住了独特审美，诗作就会很生动。我一直认为会写诗歌和懂诗歌的女孩子自带祥云，这种天生的禀赋和气质是老天对她们的垂爱。她们离幸福最近，她们能看到和体会到完整的世界，因为世界的另一半是意象。她们会用想象者的音符通过意象来描绘这个世界和感恩这个世界。不得不承认生命需要太多的支撑，支撑生命的有时是信仰、梦想、情感、诗意，只有借助思想的深度和眼光的高远，具有一身诗意的人才能勇往直前，一路向上，海阔天空。

细细品味和赏读，直至读完四个篇章近二百页，一整天都在伏案。从《我是云雀》到《种花少年》，从《云朵的童话》到《我躺在田野中》，从《思念》到《路灯下的姑娘》，从《灯亮了》到《花的贪婪》，悠悠的温情展开蒲公英的遐想，娓娓倾诉自己的感悟，对草木、小溪以及风说起悄悄话。把和金龟子的约定提升为对宇宙万物大美不言的理解，就连浩瀚夜空遥远小星星的善良她都看在眼里，寄以深情。我怀疑她还不大能准确区分庸俗和虚伪，不知苦闷和悲痛为何物。也许由于诗歌的喂养，她居然把心念旧恩和对美好生活的甜甜期盼灵灵相通地写在感觉里，语言十分空灵，想象力非常丰富。如《天使的对话》：

(一)

昨夜我和天使来了场对话

我们站在高原上对话

那里能仰望

每一颗星星的善良

我们站在大海上对话

那里能聆听

每一朵浪花的欢唱

我们站在荒漠中对话

那里能感悟

每一株孤草的坚强

　　　　（二）

昨夜我和天使来了场对话

她说人间的痛苦

在某一日

都会随冬雪消散

昨夜我和天使来了场对话

她说人间的幸福

都将在明天

随春花绽开

　　这些重复的诗句和递进的过程，使诗的结构呈现得更紧密更有机。从章法上来说，在统一中有比较大的变化，复沓的局限就转化为优越了。小诗人还描写了成长的烦恼，例如《寻梦》，先是"采回一只蜻蜓的呢喃"，接着是"那如涟漪般天真的梦幻"，继而是"海龟的小浪岛"，最后"寻回一只猛犸象的故事"，从情志、意脉来说，从"采回""牵回"的淡淡浅浅到"寻回""等待的晨曦"，层次是清晰的，过程也很完整。这是一种真切的寻梦感觉——明明很近，似乎触手可及，却仍然不可企及，意象因而增值，可以说有那么点言有尽而意无穷的境界。再看《简单的拥有》，从情感的性质来说，是从生命的欢乐与忧伤、纷繁与孤独的对立中，突出了小诗人对人生自由的向往。从不同强度的情致交替呈现中，显示小诗人心潮起伏的节律。不可忽视的是，在《男孩的快乐》中，最后对"一个气球快乐与幸福"的向往，情绪高涨聚焦在最后一句，非常漂亮。

  小诗人也写到《雨的天堂》《铃声》《答案》这些对人类灵魂深处人性的试探、关注和描写，反映了她对现实生活观察与思考的深度与广度，似乎超出她这个年龄的思想范畴，这正是小诗人出奇的地方，也是"诗有别材"的一种体现。但她毕竟还是个正在成长中的青少年，还有很长的路要走。衷心希望小诗人王梦谦青春多努力，才华更出众，在艺术人生的道路上迈出更加坚定的步伐，迎接新的辉煌灿烂的明天。

  最后祝福她顺风扬帆，一路踏歌前行。

壬寅春月于秦都

  阮心，陕西省诗词学会常务理事、三秦女子诗社副社长、咸阳诗歌学会副会长兼秘书长。

后 记

当云雀飞过向阳花时,在收获的秋天里,我的诗集即将出版。这部诗集是我在初中、高中五年的学习之余,对自然、对生活、对人生点点滴滴的的感悟汇集而成的。

这部诗集是我心路历程的真实反映,它陪伴我走出困境,走向成熟。诚如诗集中写的,在黑夜中,我不会停止追寻黎明;在风雨中,我不会停止追寻彩虹。虽然我不知道明日的旅途是不是还有荆棘,但我知道,放弃了,就真的看不到春天的花园了。我无时无刻不在思考。通过思考,我明白一个道理,身体的病痛不是阻止我前进的理由。我渴望星星,我渴望月亮,我希望这个世界充满阳光,我希望每一个孩子都能在美好的旅途中前行。面对生活的波折起伏,我用明亮的眼睛观察生活的美好,用灵敏的耳朵倾听人间的乐章。我是大地的孩子,山巅的少年,展翅的云雀,我要冲破束缚,在诗歌的王国自由翱翔。

在诗集出版的过程中,我得到了许多长辈的帮助,感受到了太多的温暖。赵武荣爷爷多次改稿,杜中信爷爷扉页题签,周明爷爷题词,杨焕亭和程海爷爷作序,宁颖芳和阮心阿姨作书评,张馨月老师和党晓绒老师审稿，雅锋阿姨排版，朱小静阿姨配图，王彦龙和代鹏飞叔叔校稿，王建科和杨海滨叔叔做封面设计。同时，还有吴兰兰奶奶、宗振龙爷爷、王海、凌晓晨和邹卫乔伯伯等提出了不少修改意见。正是有他们的关心与支持，我的诗集才得以顺利出版。

  这是我的第一部诗集，它将伴随着我在文学的世界里凌云而上，飞过枫叶林，飞过荷花塘……

2022 年 9 月写于秦都